ALPHÉE
ET
ARETHUSE,
TRAGEDIE

MISE EN MUSIQUE
par Monſieur DE BOESSET *Sur-Intendant de la Muſique de la Chambre du Roy.*
Et en Vers par Monſieur BOUCHER.
Repreſentée devant Sa Majeſté à Fontainebleau, au mois d'Octobre mil ſix cens quatre-vingts ſix.

A PARIS,
Par CHRISTOPHE BALLARD, ſeul Imprimeur du Roy pour la Muſique, ruë Saint Jean de Beauvais, au Mont-Parnaſſe.

M. DC. LXXXVI.

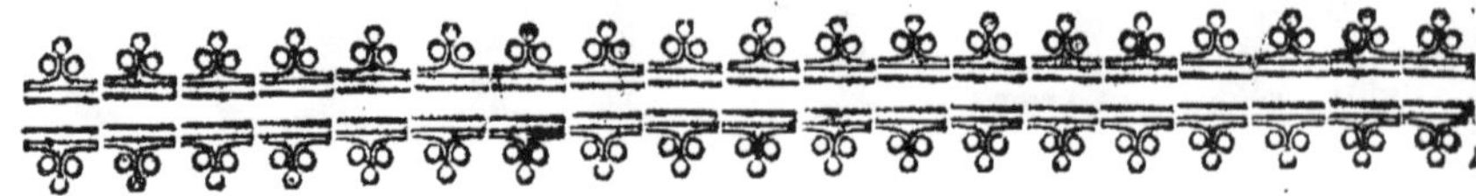

PERSONNAGES
DU PROLOGUE.

JUPITER.
JUNON.
L'AMOUR.
UN PLAISIR.
SECOND PLAISIR,
Cœur des Divinitez Celestes, les Jeux & les Plaisirs innocents.

PROLOGUE.

LE THEATRE REPRESENTE le Ciel ouvert, Jupiter dans la Gloire environné des Divinitez, des Jeux & des Plaisirs.

JUPITER.

OU volez-vous, Plaisirs & Jeux,
Qui vous chasse des Cieux,
Quel employ voulez-vous prendre?
A quel plus grand honneur pourriez-vous bien pretendre,
Que de divertir les Dieux?

Trouverez-vous sur la Terre & sur l'Onde,
Un plus aimable sejour,
Et si vous partez sans l'Amour,
Que ferez-vous dans le monde.

UN PLAISIR.

Dans l'Empire des Lis, nous nous arresterons,
Et tous les jours nous y ferons
Les plaisirs d'une Cour, à nulle autre semblable;
La Sagesse nous conduira,
Et nostre Commerce sera
Innocent, & tout agreable,
Et si l'Amour vient aprés nous,
Pour troubler le repos des Ames,
Nous prendrons soin de détourner ses coups
Et déteindre ses flâmes.

L'AMOUR.

Mon pouvoir est trop grand, ne vous y trompez pas,
Dans les champs, & dans les villes,
Sans moy vous avez peu d'appas,
Sans moy, vous estes inutiles;
Allez languir dans les Palais,
Allez dans les bras de la Paix.
Vous faire voir comme des ombres vaines;
Allez vous mesler aux ennuis,
Allez accompagner les peines,
Sans moy les plus beaux jours, sont de fâcheuses nuits.

Le Choeur repete les trois derniers Vers.

Allez vous mesler aux ennuis,
Allez accompagner les peines,
Sans moy les plus beaux jours, sont de fâcheuses nuits.

SECOND PLAISIR.

Sans vous conduits pas la Sagesse,
Nous allons briller & charmer,
Nous avons pour nous faire aimer
Et dequoy chasser la tristesse;
Sans vous conduits par la Sagesse
Chez le plus Grand des Mortels,
Nous allons pour jamais établir l'allegresse,
Nous allons dresser des Autels,
A la felicité, qui doit combler sa vie,
Malgré les soins de l'envie,
Et sans les folastres amours;
Nous allons, nous allons, luy donner de beaux jours.

Le Chœur repete ces deux derniers Vers.

Et sans les folastres amours,
Nous allons, nous allons, luy donner de beaux jours.

JUNON.

Si ce Mortel incomparable.
Ne meritoit pas tant que nous,
Et s'il n'estoit pas tout aimable,
Jeux, Plaisirs, nous serions jaloux;
Mais sa gloire égale à la nostre,
Qui fait nostre joye & la Vostre,
Le rend digne de vos emplois;
Jeux innocens, Plaisirs tranquiles,

Tous les Dieux vous donnent leurs voix;
Allez, & vous rendez faciles ,
Pour les Plaisirs du plus sage des Roys.

FIN DU PROLOGUE.

PERSONNAGES
DE
LA TRAGEDIE.

ALPHÉE, *Berger, Amant d'Arethuse.*

ARETHUSE, *Nymphe de Diane, aimée d'Alphée, & du Dieu Faunus.*

CIRCE, *Magicienne, amoureuse d'Alphée.*

DIVINITEZ.

DIANE.

FAUNUS.

L'AMOUR.

TROUPPES.

NYMPHES *de Diane.*

CHASSEURS, *du Party de Diane.*
FAUNES.
BERGERS.

DEMONS.	*du Party de Circé.*
FANTOSMES.	

La Sçene est en Sicile.

ALPHÉE ET ARETHUSE.

TRAGEDIE.

ACTE PREMIER.

SCENE PREMIERE.

DIANE, NYMPHES, CHASSEURS.

DIANE.

*NFIN le calme est en ces lieux,*
Ne craignons plus rien mes Compagnes,

L'Amour n'habite plus nos charmantes Campagnes,
Jupiter le retient pour jamais dans les Cieux ;
C'est en ma faveur qu'il l'arreste,
C'est pour moy, c'est pour vous, qu'il contraint les Amours,
Que toute la Trouppe s'appreste
A goûter un repos qui doit durer toûjours.

Courons en liberté, les Vallons & les Plaines,
Ne craignons ny Mortels, ny Dieux,
L'absence de l'Amour rend nostre sort heureux,
Chassons, courons, plus nous aurons de peines,
Plus nous aurons de sensibles plaisirs ;
Courons en liberté les Vallons & les Plaines,
N'escoutons ny vœux ny soûpirs.
Chassons, courons, plus nous aurons de peines,
Plus nous aurons de sensibles plaisirs.

Le Chœur repete.

Courons en liberté les Vallons & les Plaines,
N'escoutons ny vœux ny soûpirs.
Chassons, courons, plus nous aurons de peines,
Plus nous aurons de sensibles plaisirs.

Les Nymphes & les Chasseurs dansent.

SCENE SECONDE.

DIANE, NYMPHES, CHASSEURS, ARETHUSE.

ARETHUSE.

A Mon ſecours, chaſte Déeſſe,
L'Amour eſt revenu, j'ay veu briller ſes feux,
Pour me bleſſer de ſes traits dangereux,
Le Crüel me pourſuit ſans ceſſe.

Le Dieu Faunus, & le Berger Alphée
Amoureux & jaloux, ſont toûjours ſur mes pas:
Ie fuis en vain ſi vous ne m'aidez pas,
Déeſſe à mon ſecours, je ſuis embaraſſée,

DIANE.

Quoy, Iupiter m'auroit trahie!
Aprés m'avoir promis une éternelle paix!
Ah! voudroit-il troubler le repos de ma vie!
Et voudroit il enfin me l'oſter pour jamais.
Arethuſe, je ſuis ſurpriſe
Du ſujet de voſtre frayeur,
Vous en ſeriez bien-toſt remiſe,
Si voſtre vanité flattoit moins voſtre cœur.

ARETHUSE.

Non, non, je ne ſuis pas ſi vaine
Ny ſi foible que vous penſez ;
Cependant je dois craindre & l'Amour & ſa haine,
Et je crains ſeulement de ne pas craindre aſſez :
Si je reſiſte à ſa puiſſance
Si je l'irrite contre moy,
Sans voſtre divine aſſiſtance
Pourray-je garder voſtre loy ;
Pourray-je garder l'innocence
Si je l'irrite contre moy.

DIANE.

Reſiſtons à l'Amour, repouſſons tous ſes traits,
Meſpriſons ce qu'il peut promettre,
Il eſt honteux de ſe ſoûmettre
Quand on peut ſurmonter l'ennemy de la Paix.

Le Chœur des Chaſſeurs & des Nymphes repete.

Reſiſtons à l'Amour, repouſſons tous ſes traits,
Meſpriſons ce qu'il peut promettre,
Il eſt honteux de ſe ſoûmettre
Quand on peut ſurmonter l'ennemy de la Paix.

Les Chaſſeurs & les Nymphes recommencent à danſer.

SCENE TROISIE'ME.

DIANE, ARETHUSE, NYMPHES, CHASSEURS, CIRCE'.

CIRCE'.

LES Dieux ont renvoyé l'Amour
Pour troubler le repos de ce charmant séjour;
Il se sert de toutes ses armes,
Ses traits volent par tout de mesme que ses feux,
Comme moy vous tremblez aux premieres allarmes,
Que faire contre un Dieu qui soumet tous les Dieux

DIANE.

Circé, vostre crainte m'estonne
Vostre Art seroit-il impuissant
Contre la force d'un Enfant
Qui n'a que celle qu'on luy donne:
Par un lasche consentement
Qu'on peut refuser aisément.

CIRCE'.

Ah! vous avoüerez le contraire,
S'il vous souvient d'Andimion;
Vous eustes de la passion
Dés que ce Chasseur sçeut vous plaire;

Ah ; que l'on consent aisément
Quand l'Amour agit pour l'Amant.

Le Chœur repete ces deux derniers Vers.

Ah ! que l'on consent aisément
Quand l'Amour agit pour l'Amant.

DIANE.

Si j'ay connû l'Amour, si j'ay senty sa flame,
I'ay sçeu l'esteindre pour toûjours.

CIRCÉ.

L'Amour passe & revient, ainsi que les beaux jours,
Il pourroit bien encore s'emparer de vostre ame :
Et lors vous diriez librement
Qu'on accorde sans peine un doux consentement.

ARETHUSE.

Ne cherchons point à nous instruire,
Plus on connoist l'Amour, plus il est dangereux,
Et lors qu'il nous flate le mieux
C'est lors qu'il peut le plus nous nuire.

Le Chœur repete les deux derniers Vers.

Et lors qu'il nous flate le mieux
C'est lors qu'il peut le plus nous nuire.

ARETHUSE.

Ne cherchons point à le connaistre,

DIANE.

Fuïons un redoutable Maiſtre,

ARETHVSE.

Fuïons l'Amour & les Amants,

DIANE.

Fuïons la honte de nous rendre

ARETHVSE { *Qui peut un ſeul moment attendre*
N'attend pas les heureux moments.

SCENE QVATRIE'ME.

CIRCE' ſeule.

EN vain mon cœur s'eſt allarmé,
Alphée aime & n'eſt pas aimé,
Eſt-il une douceur égale
A celle d'eſtre ſans Rivale;
Eſt-il un plaiſir plus charmant
Que d'avoir un Cœur ſans partage,
Eſt-il un plus cruel tourment
Que d'aimer un Amant volage.

SCENE CINQVIE'ME.

CIRCE', ALPHE'E.

CIRCE'.

AH! je le voy, cét imposteur!
Il cherche à m'éviter, son crime est volontaire,
Ie voudrois qu'il se fit un plaisir de me plaire:
Pour tenir l'amour dans mon cœur
Ie voudrois qu'il voulût meriter ma douceur:
Mais il ne veut que ma colere.

Fantosmes formez-vous, coupez-luy le chemin
Qui le meine vers Arethuse.
Faites-le revenir, qu'il parle, qu'il s'excuse,
C'est assez pour m'oster les armes de la main.

ALPHE'E.

Vous m'attaquez encor, vous voulez me contraindre,
Ne connoissez-vous pas mon cœur.
Il est assujetty sous les Loix d'un Vainqueur,
Qui ne permet pas de vous craindre;
Si vos charmes sont forts, son pouvoir est plus grand,
Et vous le sçavez par vous-mesme.
Regardez-moy, Circé, d'un air indifferent,
Et me laissez en paix chercher celle que j'aime.

CIRCE'

CIRCE'.

Je ſuis donc un Objet indigne de tes feux,
Ma bonté, mon amour, ne touchent point ton ame,
Quand je veux me vanger, je puis ce que je veux;
Craints, ingrat, craints l'effet d'une fatale flame.

ALPHE'E.

Si vous forcez la volonté
Flattez-vous d'un peu d'eſperance.
Mais ſi vous me laiſſez en pleine liberté,
Ne vous promettez rien de mon obeïſſance.

CIRCE'.

Ta fierté, ton meſpris, meritent mon courroux,
Ie pourrois te porter des coups,
Ie pourrois me vanger, & je devrois le faire:
Mais helas! mon amour me parle en ta faveur.
Ingrat! je crains de luy déplaire,
Ie ne puis plus te bannir de mon cœur.

ALPHE'E.

Ie ne puis ſans changer, vous eſtre favorable.

CIRCE'.

Change une fois pour ne jamais changer.

ALPHE'E.

Ie ne puis conſentir à me rendre coupable.

CIRCE'.

Deſgage-toy pour t'engager.

ALPHE'E.

Ie ne sçaurois bruster d'une flame nouvelle,

CIRCE'.

Ie ne puis plus t'abandonner.

ALPHE'E.

Plûtost mourir, qu'estre infidelle.

CIRCE'.

Plûtost mourir, que de te pardonner.

Fin du premier Acte.

ACTE SECOND.

SCENE PREMIERE.

FAUNUS, TROUPE DE FAUNES.

FAUNUS.

NON, je ne ſuis plus propre à nos Ieux ordinaires,
Ie ne puis plus demeurer avec vous.
Laiſſez-moy ſoûpirer en des lieux ſolitaires,
Ie ſuis Amant, je ſuis Ialoux.
Ialoux ſans eſtre aimé de la Nymphe que j'aime,
Et comme mon amour, mon dépit eſt extréme.

La honte du refus me met au deſeſpoir,
Quand je ſçay qu'un mortel a ſur moy l'avantage.
Ah! que l'Amour exerce un injuſte pouvoir,
Qu'il me fait un cruel outrage,
Qu'il m'impoſe une dure loy.
Helas! qui peut mourir, eſt plus heureux que moy.

UN FAUNE.

N'augmentez pas vostre peine
Quand vous pouvez vous guerir,
Vous cesserez de souffrir
En quittant une Inhumaine:
L'Amant qui brise sa chaine
Passe du mal au plaisir.

Le Faune & le Chœur repetent ce Couplet.

N'augmentez pas vostre peine
Quand vous pouvez vous guerir,
Vous cesserez de souffrir
En quittant une Inhumaine:
L'Amant qui brise sa chaine
Passe du mal au plaisir.

SCENE SECONDE.

FAUNUS, FAUNES, CIRCÉ.

CIRCÉ.

Vous n'avez pas sujet de vous tant allarmer,
Alphée est mal traité, sa disgrace est certaine,
Arethuse le fuit, profitez de sa haine:
Songez à vous en faire aimer.

Le Chœur repete.

Vous n'avez pas sujet de vous tant allarmer,
Alphée est mal traité, sa disgrace est certaine,
Arethuse le fuit, profitez de sa haine,
Songez à vous en faire aimer,

CIRCE'.

Arethuse est belle, elle est fiere,
Cela doit-il vous rebuter?
Non, non, l'Amant qui persevere
Se fait tost ou tard écouter:
Par ma voix l'Amour vous conseille,
Pressez, parlez de vostre ardeur,
Quand vous aurez touché l'oreille
Vous pourrez bien toucher le cœur.

FAUNUS.

C'est se promettre l'impossible
Que de pretendre un sort plus doux;
On porte d'inutiles coups
Quand on trouve un cœur insensible,
Ie craindrois bien moins des Rivaux
Qu'une indifferente Maistresse:
Pour moy, le plus cruel des maux,
Est d'aimer un Cœur sans tendresse.

CIRCE'.

Amant, perseverez,
Soûpirez,

Armez-vous d'un grand zele,
Employez-bien vostre loisir,
Forcez un Cœur rebelle
Vous trouverez la Gloire & le Plaisir.

FAUNUS.

Non, je n'ay pas assez de charmes
Pour pretendre à forcer un Cœur,
Si vous ne me prestez des armes
Ie trouveray ma honte & mon mal-heur.

CIRCE'.

I'entreprendray pour vous, ce que je me refuse,
Ie veux bien vous aider du pouvoir de mon Art,
Ne vous en servez pas trop tard:
Rendez-vous auprés d'Arethuse,
Pour vous, je mettray dans son cœur
Et la tendresse, & la douceur.

UN FAUNE.

Une injuste resistance
Causeroit vostre malheur;
Allez forcer l'indifference,
Où dégager vostre cœur

UN FAUNE.

Allez, Allez,
Partez, vollez,
Le temps vous presse:
Vne Maistresse

A des moments
Pour estre tendre
A ses Amants,
Qui sçait les prendre
En doit attendre
Vn heureux temps.

Le Cœur repete.

Allez, Allez,
Partez, vollez,
Le temps vous presse:
Vne Maistresse
A des moments
Pour estre tendre
A ses Amants,
Qui sçait les prendre
En doit attendre
Vn heureux temps.

CIRCE.

Arethuse apprendra devant la fin du jour,
Que je faits mon pouvoir du pouvoir de l'Amour.

SCENE TROISIÉME.

FAUNUS, TROUPE DE FAUNES.

FAUNUS.

ALlons, puis qu'il le faut, & que Circé commande,
Esperons tout de son secours,
La resistance la plus grande
Doit ceder au pouvoir qui contraint les Amours.

UN FAUNE.

Demeurez, Arethuse vient,
Ne l'effarouchez pas par trop de promptitude.

FAUNUS.

Non, sa cruauté la retient,
Et je la voy toûjours dans son inquietude.

SCENE QUATRIÉME.

FAUNUS, LES FAUNES, ARETHUSE.

ARETHUSE.

NE cesserez-vous point de me persecuter,
Faut-il, cruel Amour, en tous lieux me poursuivre?

Quel malheur est celuy de vivre
Quand on ne peut vous éviter.

Est-il une rigueur plus grande que la vostre ?
Je fuis, je me desrobe aux transports d'un Amant,
Et presque au mesme moment
Vous m'en faites trouver un autre.
Ah! qu'il est fascheux de charmer
Quand on n'a pas dessein d'aimer.

N'attaquez plus un Cœur tout prest à se deffendre
Si vous ne sçavez le surprendre,
Vous vous efforcerez en vain,
Je crains, je fuis, ouvrez-moy le chemin.

FAUNUS.

L'Amour veut que je vous arreste
Pour rendre hommage à vos appas,
Aydez au bonheur qu'il m'apreste,
Craignez-moy, mais ne fuiez pas.

Bannissez la rigueur, escoutez la tendresse,
Songez à choisir un Amant,
Songez dans le mesme moment
Qu'un Dieu peut faire une Déesse.

ARETHUSE.

Ie ne puis aſpirer à ce ſuprême honneur
S'il faut qu'il m'en couſte mon cœur.

FAUNUS.

Vous ſeriez beaucoup plus heureuſe,
Si vous eſtiez ambitieuſe.

ARETHUSE.

I'ay de l'ambition, mais je n'ay point d'amour.

FAUNUS.

Vous pourriez en avoir ſans le faire connaiſtre.

ARETHUSE.

I'aymerois mieux perdre le jour
Que de me donner un Maiſtre

Durez chere liberté,
L'honneur d'eſtre immortelle
N'eſt pas ma felicité.

FAUNUS.

Ceſſez Liberté cruelle,
Cedez aux plus doux plaiſirs,
Cedez aux tendres deſirs.

ARETHUSE.

Durez Liberté charmante.

FAUNVS.

Ceſſez cruelle Liberté.

ARETHUSE.

Durez, Rigueur innocente.

FAVNVS.

Cessez, injuste Cruauté.

Le Chœur repete pour Faunus.

C'essez, cruelle Liberté,
Cessez, injuste Cruauté.

Faunus & Arethuse se retirent separément, Arethuse est rencontrée par Alphée, qui la fait retourner.

SCENE CINQVIE'ME.

ARETHUSE, ALPHE'E, Troupe de Bergers.

ALPHE'E.

ME serez-vous toujours cruelle,
Ne sentirez-vous point mes feux;
Pour le prix d'une ardeur fidelle
Seray-je toujours mal-heureux.

Ne Croyez-pas une injuste Déesse
Que le Dépit rend contraire à l'Amour:
Elle n'a pas toûjours condamné la tendresse
Elle en attend peut-estre le retour.

Vous ne pourrez passer la vie
Sans ressentir les tourmens amoureux;
Il faut y succomber, par force, ou par envie:
Et le plûtost est le mieux.

ARETHUSE.

Vous m'effrayez?

ALPHE'E.

Il faut me croire
Si vous aimez le plaisir & la gloire.

ARETHUSE.

Je trouve l'un & l'autre en conservant mon cœur.
Sur l'exemple d'une Déesse.

ALPHEE.

Vous vous trompez, vostre injuste rigueur
N'est qu'une honteuse foiblesse.

ARETHUSE.

Si mon cœur n'est pas assez fort,
Pour resister à cette guerre,
Je fuïray par toute la terre,
Plûtost que de changer mon Sort.

ALPHE'E.

Je vous suivray par tout sans cesse.

ARETHUSE.

Et moy je vous fuïray toûjours.

ALPHE'E.

A mon secours Dieu des Amours.

ARETHUSE.

A mon secours, chaste Déesse.

Alphée & Arethuse repetent leurs deux derniers Vers, & le Chœur repete aprés eux.

Les Bergers dansent.

Fin du second Acte.

ACTE TROISIE'ME.

SCENE PREMIERE.

FAUNUS, CIRCE', TROUPE DE FAVNES.

FAVNVS.

HASTEZ-vous, forcez Arethuse,
D'avoir pour moy de la douceur:
N'attendez-pas que mon cœur vous accuse
De la perte de mon bon-heur.

Ie crains, j'ay de l'impatience
Par qui mon cœur est agité;
Tant que j'auray peu d'esperance,
I'auray peu de tranquilité.

CIRCE'.

Ie suis pour vous, je suis sincere,
Ie feray tout en faveur de vos feux :
Laissez-moy faire.
Mes charmes seront vains, ou vous serez heureux
Ie suis pour vous, je suis sincere,
Laissez-moy faire

SCENE SECONDE.

FAUNUS, CIRCE', Troupes de Faunes & de Demons.

UN DEMON.

SOus le visage d'un Amour
Brillant comme l'Astre du Iour
Ie me suis approché de la fiere Arethuse,
Elle m'a pris d'abord pour quelque Monstre affreux,
Elle a tremblé de peur, elle a paru confuse,
Cependant mes regards ont arresté ses yeux ;
I'ay folastré, j'ay badiné prés d'elle,
I'ay soupiré, j'ay ry, chanté,
Elle a pris de ma main le Bouquet enchanté,
Esperez de la voir moins cruelle.

Le Chœur repete le dernier Vers, & les Faunes & les Demons dansent une Chaconne.

LE CHOEUR DES FAUNES.

Profitez du pouvoir du charme
Qui combat l'injuste vigueur.
Il est doux d'approcher un Cœur
Qui s'attendrit & se desarme.
Il est doux d'entrer dans un Cœur
Quand il est sans crainte & sans armes.
Profitez du pouvoir du charme
Qui combat l'injuste rigueur.

CIRCE'.

Arethuse vient en ces lieux,
Iamais elle ne fût si belle;
Ne souffrez point icy de témoins que vos yeux.

Ensemble { FAUNUS.... *Faunes* / CIRCE'.... *Demons* } *retirez-vous.*

FAUNES, DEMONS, se retirant avec Circé.

Vostre plaisir est un plaisir pour nous.

SCENE TROISIE'ME.

FAUNUS, ARETHUSE.

ARETHUSE.

SOucis naissans, pressante inquietude,
Que me preparez-vous, que voulez-vous de moy?
Faut-il sortir d'une douce habitude
Pour prendre une nouvelle loy.
Ie ne crains plus, je ne suis plus farouche,
Faunus m'approche, & je l'attends;
Est-ce que son amour me touche,
Expliquez-vous, soucis naissants.

FAVNVS.

Les souhaits amoureux n'ont rien que d'agreable,
Ouvrez leur vostre cœur, ne vous en lassez pas.

ARETHUSE.

Que me conseillez-vous; helas!
Que ce conseil est redoutable.

Soucis naissans, charmes, secrets,
Surprenante tendresse,
Ie ne sçay plus ce que je fais:
Ma fierté cesse.
Soucis naissans, charmes secrets,
Ie ne sçay plus ce que je fais.

Helas

Helas! mon cœur soûpire,
Soucis naissans, charmes, secrets,
L'Amour me tient sous son empire,
Ie ne sçay plus ce que je fais.

FAUNUS.

Laissez-vous conduire
Par des soucis doux & charmants;
Ils auront soin de vous instruire
Du bonheur des parfaits Amants.
Laissez-vous conduire,
Laissez-vous instruire.

FAUNUS & ARETHUSE ensemble.

Ah! que le plaisir est doux
D'estre { seul / seule } auprés de vous.

SCENE QVATRIE'ME.

FAUNUS, ARETHUSE, DIANE, Chasseurs, Nymphes.

DIANE.

Qu'ay-je entendu, malheureuse Arethuse,
Vous renoncez à mes aimables Loix,
Ie connois ce qui vous abuse,
Et je veux vous sauver une seconde fois.

Donnez-moy ce Bouquet, ces fleurs sont enchantées,
Et pour vostre malheur vous les avez portées:
Donnez-moy ce Bouquet, que j'en rompe les nœuds,
Vous resistez . . . le charme opere . . . .

ARETHVSE.

Vostre secours me desespere.

FAVNVS.

Vous m'allez rendre malheureux.

DIANE.

Jettez aux pieds cét ornement funeste,
Si vous sentez encor les flâmes de l'amour,
Estouffez ce qui vous en reste
Et triomphez à vostre tour.

Le Chœur repete ces quatre derniers Vers.

Jettez aux pieds cét ornement funeste,
Si vous sentez encor les flâmes de l'amour,
Estouffez ce qui vous en reste
Et triomphez à vostre tour.

ARETHVSE à Diane,

Vous me sauvez!

FAVNVS à Diane.

Helas! vous me perdez, crüelle!

ARETHVSE à Diane. Il se retire.

Je vous seray toûjours fidelle.

SCENE CINQUIE'ME.

DIANE, ARETHUSE, Nymphes, Chasseurs.

Une Nymphe.

Courage, l'Amour est vaincu,
Triomphons, goutons la victoire
Sans avoir combatu;
Diane en a toute la gloire,
Vivons en paix,
N'aimons jamais.
Courage
Nous avons l'avantage
De ne dépendre que de Nous:
Les plaisirs les plus doux
Sont nostre partage.
Courage
Nous avons l'avantage
De ne dépendre que de nous.

Les Nymphes & les Chasseurs dansent.

SCENE SIXIE'ME.

DIANE, ARETHVSE, ALPHE'E, Chasseurs, Nymphes, Bergers.

ALPHE'E.

IE viens vous demander, ou la vie, ou la mort,
Ne vous contraignez point, disposez de mon sort,

ARETHVSE.

Est-il possible
D'attendrir un Cœur insensible.
Et peut-on estre constant
Lors qu'on voit tant
D'indifference
Sans esperance.

ALPHE'E.

Quoy? mon respect, mon amour, mes soûpirs,
Ne toucheront jamais vostre ame ;
Cruelle, il faut recompenser ma flâme,
Ou me reduire aux derniers déplaisirs.

DIANE, ARETHVSE ensemble.

Est-il possible
D'attendrir un Cœur insensible.

Le Cœur repete tout le Couplet.

Est-il possible
D'attendrir un Cœur insensible.

Et peut-on estre constant
Lors qu'on voit tant
D'indifference
Sans esperance.

SCENE SEPTIE'ME.

DIANE ARETHVSE, ALPHE'E, Nymphes, Chasseurs, Bergers, Circé.

CIRCE' à Alphée.

IL n'est pas possible pour toy,
Tant que tu pourras estre insensible pour moy.

ALPHE'E.

C'est à celle que j'aime à soulager ma peine,
Et je ne vous demande rien.

CIRCE'.

Son cœur est tout remply de haine,
L'amour occupe tout le mien.

ALPHE'E'.

Arethuse insensible, ingrate & furieuse,
Sera toûjours Maistresse de mon cœur.
Et Circé toûjours amoureuse,
N'aura jamais de part à mon ardeur:
L'Amour le veut ainsi, je n'y puis contredire :
Arethuse, Circé, consentez comme moy,

Chacun ſe doit faire une loy
Du penchant que l'amour inſpire.

ALPHE'E, DIANE & ARETHVSE enſemble.

Chacun ſe doit faire une loy
Qui ſoit agreable pour ſoy.

Le Chœur repete ces deux derniers Vers.

Chacun ſe doit faire une loy
Qui ſoit agreable pour ſoy.

DIANE.

Arethuſe, il eſt temps de craindre
L'Amour s'approche trop de vous:
S'il vous touche une fois, que vous ſerez à plaindre?

ARETHVSE.

Hé bien, fuïons pour éviter ſes coups.

ALPHE'E.

Je vous aime, je ne puis vivre
Abſent de vos divins appas:
Il faut vous ſuivre.

CIRCE'.

Ingrat, tu cours à ton trépas.

ARETHVSE fuïant.

Diane, ſauvez-moy d'un Amant qui me preſſe,
L'Amour s'eſt declaré pour luy,

CIRCE'.

Il faut qu'il periſſe aujourd'huy.

ARETHVSE.

Sauvez-moy, puiſſante Deeſſe,
J'aime bien mieux perdre le jour,
Que de me rendre au pouvoir de l'Amour.

DIANE.

Nymphe constante & fidelle,
Tu mouras, pour estre immortelle.

Le Chœur repete ces deux derniers Vers.

Nymphe constante & fidelle,
Tu mouras, pour estre immortelle,

La terre s'ouvre, Arethuse disparoist, & l'on voit dans le moment jaillir une Fontaine.

SCENE HUITIE'ME.

ALPHE'E, CIRCE', Troupes de Bergers & de Demons.

ALPHE'E.

C'En est fait, je perds tout espoir,
Arethuse, tu m'és ravie!
Ie n'auray plus de plaisir de te voir,
Ie n'auray plus le plaisir dans la vie.

Venez Bergers, mesler vos pleurs
Aux larmes que je vais respandre:
Venez partager les douleurs,
D'un Cœur toûjours fidelle & tendre.

VN BERGER.

Partageons les douleurs
D'un Cœur fidelle & tendre;

Il demande des pleurs,
On n'en peut trop répandre.

Le Chœur des Bergers repete ce Couplet.

Partageons les douleurs
D'un Cœur fidelle & tendre;
Il demande des pleurs,
On n'en peut trop répandre.

CIRCE'.

Tout me brave en ces lieux,
Tout m'est injurieux,
Que faut-il que je fasse?
L'incertitude m'embarasse,
Sortons de cét estat fascheux
Ma patience est lasse.
Demons, qui secondez mon art,
Venez en diligence,
Pour une juste vengeance
On punit toûjours trop tard.

Le Chœur des Demons repete ces deux derniers Vers.

Pour une juste vengeance
On punit toûjours trop tard.

ALPHE'E.

Frappez, je n'aime plus la vie,
Tout mon bonheur dépend de vostre barbarie.

SCENE

SCENE NEUFIE'ME & derniere.

ALPHE'E, CIRCE', L'AMOVR, Troupes de Bergers & de Demons.

L'AMOVR.

CE n'est pas aux Demons à te donner la mort,
Ie suis seul Maistre de ton sort:
Tu vas Alphée avoir la recompense,
Que peut meriter ta constance;
Perds sans regret la lumiere des Cieux,
Tu rejoindras Arethuse en ces lieux.

Alphée disparoist comme Arethuse, il est metamorphosé en un Fleuve qui va se mesler à la Fontaine.

Le Chœur des Bergers repete ces deux derniers Vers.

Perds sans regret la lumiere des Cieux,
Tu rejoindras Arethuse en ces lieux.

Vn Demon à Circé.

D'un Ingrat trop aimé vous estes desgagée,
Vostre vengeance vient du plus puissant des Dieux.

CIRCÉ.

Non, non, je ne ſuis pas vangée
Puis qu'il perit pour eſtre heureux.

Vn autre Demon.

Oubliez un Ingrat, oubliez l'Amour meſme,
Quand on a perdu ce qu'on aime
Sans eſpoir de retour:
C'eſt par l'oubly qu'il faut ſe vanger de l'Amour.

Les Bergers & les Demons danſent enſemble, les uns pour témoigner leur joye, & les autres leur déplaiſir.

Fin du troiſiéme & dernier Acte.

www.ingramcontent.com/pod-product-compliance
Ingram Content Group UK Ltd.
Pitfield, Milton Keynes, MK11 3LW, UK
UKHW021036180726
13838UKWH00004B/1836